Ulrick

© 2023 Elora Heitz
Édition : BoD - Books on Demand, info@bod.fr
Impression : BoD - Books on Demand, In de Tarpen 42,
Norderstedt (Allemagne)
Impression à la demande
ISBN : 978-2-3224-8142-2
Dépôt légal : juin 2023

Elora Heitz

Ulrick

Roman

Ulrick   Elora Heitz

Chapitre 1

Non loin de Greendale, Luna, une jeune adolescente de 15 ans, vient de mettre au monde dans des situations assez critiques, un bébé du nom d'Ulrick. Quand elle le prit dans ses bras, elle pleura. Ulrick n'était pas un enfant désiré, c'était un accident. Or, la jeune adolescente, venant d'une famille religieuse, ne pouvait avorter quand elle s'était rendu compte qu'elle n'avait plus ses cycles habituels. Sa mère lui avait dit qu'elle devait prendre ses responsabilités et qu'elle aurait dû réfléchir plusieurs fois avant de sombrer dans la luxure avec ce "bon à rien". Luna et sa mère vivaient seules depuis l'accident de voiture qui avait coûté la vie à la seule figure masculine de la maison : le père de Luna.

Le copain de la jeune adolescente étant lui aussi jeune de 17 ans, ne se voyait pas père et avait d'autres projets c'est pourquoi il quitta sa copine ; la laissant seule avec Ulrick et sa famille. Cet acte ne fit que monter la tension dans la famille de Luna. Elle continuait tout de même d'aller en cours pendant que sa mère s'occupait d'Ulrick. Pour qu'ils puissent s'en sortir, elle commença un job étudiant le week-end. Comme elle disait à sa mère " ça permet de mettre du beurre dans les épinards".

Son job d'étudiant consistait à servir des pintes de bières aux pochtrons au bar de la rue voisine. Leur humour décalé gênait parfois Luna. A une table elle entendait "regarde comme elle est bonne", en servant d'autres clients elle entendait " ça doit être une bonne cavalière" et ceux-là parmi tant d'autres de moins en moins respectueux. Il y eut même quelques soirs où Luna se précipita pour servir des clients en évitant les mains baladeuses d'autres. Elle se sentait sale et rêvait de la bonne douche qu'elle allait prendre en rentrant. Les mains baladeuses ce n'était rien à côté de ce soir en particulier. Ce soir où la fermeture était proche, qu'elle débarrassait les dernières pintes et qu'un homme à la forte corpulence l'attrapa par la taille et commença à vouloir la lécher dans le cou sans qu'elle puisse se défendre. Elle finit par attraper un couteau et réussit à le lui planter dans le genou. Elle courut hors du bar en laissant son collègue, dans la réserve, fermer et se promit de ne plus jamais y retourner.

Honteuse de ce qui venait de se produire ce soir-là, cela resta dans le jardin secret de Luna et sa mère n'en su jamais rien.

Les années passèrent et Luna a maintenant 19 ans. Ulrick rentrera bientôt à l'école, elle a eu son diplôme et maintenant elle travaille à plein temps. Sa mère est souffrante. Luna travaille la journée, récupère Ulrick chez la nounou et s'occupe de sa mère le soir. C'était un rythme assez cadencé et elle s'épuisait de plus en plus. Elle maudissait Dieu de la faire encore payer pour son péché de luxure et de vouloir prendre la vie de sa mère ; elle qui avait toujours été bonne. Des mois passèrent et malgré toutes ses prières, Dieu lui arracha sa mère.

Luna se retrouva seule avec Ulrick. Elle prit la décision de déménager car le loyer était au-dessus de ses moyens. Un de ses collègues de travail lui trouva un logement correct dans lequel elle pourrait vivre sa petite vie avec son enfant.

En période de deuil, Luna se renferma petit à petit. Elle ne souriait plus, ne mangeait presque plus et ne sortait plus sauf pour les besoins essentiels et le travail. Quand le soir arrivait, c'est tout juste si elle arrivait à s'occuper d'Ulrick.

Son enfant grandissait à vue d'œil et Luna plongeait de plus en plus dans la dépression. Un de ses collègues de travail profita de son état pour l'amadouer. Luna, contente de retrouver quelqu'un et de partager sa vie avec quelqu'un d'autre, ne voyait pas le mal qu'il faisait à Ulrick. Personne ne lui avait donné le mode d'emploi quand elle était devenue mère et à 15 ans comment fait-on pour élever convenablement un enfant se demandait-elle. Aujourd'hui elle en avait 19 et se sentait aussi démunie qu'à 15. C'est pour cela qu'avoir quelqu'un à ses côtés la réconfortait et la rassurait. Elle ne se doutait pas que de sombres années allaient bercer sa vie encore longtemps.

Quand Ulrick eut l'âge de comprendre ce qui se passait à la maison, il se révolta et la crise d'adolescence n'arrangeait pas les litiges qu'il avait déjà avec son beau-père. Il commença à prendre la défense de sa mère quand son beau-père rentrait tard et très arrosé. Ces situations récurrentes mirent Luna dans des états lamentables, elle n'avait plus assez de mains pour compter combien de fois son fils et l'homme qu'elle aimait se tapaient dessus.

Avec ce qu'il se passait à la maison, Ulrick devenait très introverti au collège. Il avait peu d'amis, pas de petite amie et se laissait marcher dessus pour avoir assez de force le soir pour se confronter à son beau-père. Ulrick passa par le harcèlement scolaire, le racket et l'humiliation publique. Il faut dire que l'adolescence avait fait des ravages sur son corps : entre les boutons d'acnés purulents, les cheveux à l'aspect gras et l'appareil dentaire, Ulrick était loin d'être stylé ou attirant donc personne ne viendrait à son secours. C'est plus drôle de voir le paumé du collège se faire frapper, humilier et déshabiller.

Il se souvint de cette fois où il ne voulait pas donner son goûter et qu'il s'était retrouvé la tête dans la cuvette des toilettes. Il était arrivé en classe trempé et il avait simplement répondu qu'il était en retard donc pas le temps de sécher ses cheveux.

Il se souvint aussi que des camarades lui avaient collé plein de chewing-gum dans les cheveux et qu'il avait été obligé de se faire la boule à zéro. A partir de ce moment, il ne s'appelait plus Ulrick mais "boule de billard", "boule de bowling" ou encore "Mr Propre".

Et puis cette fois où il marchait dans la cour, avec dans ses écouteurs sa musique préférée, il s'était retrouvé les fesses à l'air car un garçon avait trouvé ça intelligent de lui baisser son pantalon trop grand ainsi que son caleçon. Cet acte laissa apparaître son pubis poilu au milieu de la cour. Et il vit filles et garçons rirent autour de lui mais personne pour le défendre.

Voyant que sa mère était de moins en moins réceptive le soir, Ulrick ne lui avait jamais parlé de ces histoires de peur de la rendre encore plus malheureuse et de la faire sentir coupable. Il passa donc toutes ses années de collège à se sentir différent, à se chercher, à être seul et à se demander comment il pourrait se venger de toutes ces personnes. Il voulait avoir ce déclic et ne plus être aussi vulnérable, il fallait que tout ce qu'il avait vécu le rende plus fort.

Il fallait qu'il puisse faire face à ces personnes démunies de cervelles et qu'il leur apprenne de quel bois il se chauffait. Et tout ceci sans que sa mère s'en aperçoive. Pendant ces années, un de leur professeur leur demanda de réaliser un exposé sur un sujet de la société qui leur tenait à cœur. Sans surprise, Ulrick prit comme sujet le harcèlement scolaire. Pendant son exposé, les élèves et le professeur furent choqués de la manière dont il avait illustré ses dires. Ses paroles accompagnaient des photos et vidéos de lui à l'école parfois criblés de coups, des photos de lui sans cheveux avec une autre montrant les chewing-gum collés, sur une autre on pouvait y voir ses bras tatoués d'hématomes de toutes les couleurs. Ulrick était content il avait fait passer le message qu'il voulait et les personnes concernées par ces actes étaient devenues rouges de honte quant au professeur, il se contenta de le convoquer à la fin du cours. Là il lui posa pleins de questions "pourquoi tu n'es pas venu m'en parler ?", "comment tu te sens ?", "ça va chez toi ?". Questions auxquelles Ulrick n'a pas répondu. Le professeur a juste eu un acquiescement de tête et un rictus venant d'Ulrick à sa dernière question.

A partir de cet instant, Ulrick savait qu'il ne serait plus le même. Il décida de profiter des vacances d'été pour s'intéresser au développement personnel. Il avait entendu ce terme dans une vidéo mais ne savait pas réellement à quoi cela faisait référence. Il fit des recherches, il se mit à lire, à s'instruire, il trouva même un petit travail pour se permettre d'acheter des livres car sur son téléphone il était trop distrait par les notifications des autres applications.

Il était conscient que 2 mois ne suffiraient pas à changer complètement mais cela était suffisant pour changer de style vestimentaire, de commencer à prendre soin de lui, de remplacer les vestes à capuche par des chemises, de commencer à faire du sport, d'arrêter de regarder ses pieds quand il marche et de regarder droit devant lui avec des yeux perçants.

En deux mois, en ayant changé son style vestimentaire et son attitude, il est devenu le garçon le plus stylé et le plus charismatique. Il se sentait enfin prêt à passer les étapes du lycée… enfin presque. Il avait tout sauf quelqu'un à ses côtés à qui il pourrait confier ses craintes, narrer ses réussites voire même les fêter dignement. Il savait qu'il avait changé et qu'il était charismatique mais il en voulait plus. Il voulait être séduisant. Son plus grand fantasme : avoir toutes les femmes à ses pieds, il n'aurait qu'à choisir celle qu'il veut, et s'il pouvait semer la zizanie juste par plaisir de voir deux femmes se battre pour lui, il en serait ravi. Dans sa tête il pensait même avoir un jour un harem.

    Luna voyait son fils se transformer et elle en était fière. Les litiges entre Ulrick et son beau-père s'étaient apaisés du moins c'est ce que pensait Ulrick. En réalité, le soir Luna pleurait et suppliait son copain de ne pas la forcer encore une fois. C'était une femme brisée. Elle ne comptait plus combien de fois il l'avait violée sous l'effet de l'alcool. Elle ne trouvait plus la force de se défendre, elle ne disait plus rien, elle ne lui donnait plus de coups. Elle faisait l'étoile, la morte peu importe le terme, elle avait l'impression d'être vide de tout. Voyant que son fils était heureux et voulant le protéger, elle lui disait que tout allait bien et que tout était arrangé avec son copain.

    Ulrick savait qu'elle lui mentait mais il esquissait tout de même un sourire et la prenait dans ses bras tout en pensant à la manière dont il allait tuer son beau-père.

    Pour calmer cette pulsion meurtrière, Ulrick avait pris l'initiative que chaque soir il irait dans la casse la plus proche de chez lui muni d'une batte de baseball et qu'il détruirait tout sur son passage. Il savait que cette habitude ne l'apaiserait qu'un temps et que tôt ou tard il finira par commettre l'irréparable.

Ulrick   Elora Heitz

Il prenait un malin plaisir à laisser exploser sa rage. Il avait lu dans un livre qu'il valait mieux extérioriser ses émotions que les garder pour soi et donc devenir une bombe à retardement. Il avait donc trouvé son passe-temps et cela le soulageait. Plus ses coups étaient puissants et faisaient de dégâts, plus il souriait. Son désir de vengeance s'atténuait tout le temps qu'il restait dans la casse. Il brisait des pare-brise d'un côté, des rétroviseurs de l'autre, il s'acharnait sur les phares de certaines et sur les carrosseries des autres. Il pensa que la destruction le rendait heureux et même le faisait bander.

Quand il rentrait chez lui, il était minuit passé et il se sentait aussi vide d'émotion qu'un mort. Il y eut un soir où quand il rentra il fut pris d'une forte pulsion sexuelle. Ce qui l'excitait n'était pas les vidéos X, non, c'était d'imaginer son beau-père mourir entre ses mains. Il trouvait cela jouissif et il se donna la meilleure branlette de sa vie.

Chapitre 2

Après un très grand travail sur lui pendant ces deux mois de vacances, Ulrick se sentait prêt à affronter de nouveaux élèves et considérait cette rentrée comme un nouveau départ. Dans sa classe il retrouva des personnes du collège. Il se fit la remarque qu'ils n'avaient pas réellement changé : toujours aussi stupides et dénués d'humanité. Il se demandait à qui cette année ils allaient s'attaquer. En tout cas ça ne serait certainement pas lui, il ne se laisserait pas marcher dessus comme au collège. D'un côté, il pouvait les remercier de l'avoir harcelé car cela l'avait rendu plus fort et lui avait fait comprendre qu'il pouvait être quelqu'un.

Quelqu'un de respecté, quelqu'un de charismatique, quelqu'un d'inspirant et surtout quelqu'un avec de la prestance. Le développement personnel écrit dans les livres l'avait beaucoup aidé à reprendre confiance en lui. Ulrick comptait justement appliquer ce qu'il avait lu l'été, au cours de cette année. Ce serait une année test mais aussi une année de renaissance. Ulrick était revenu de très loin comme un phœnix renaissant de ses cendres.

Cette année en seconde générale sera aussi l'année des premières soirées, des premières expériences sociales et amoureuses.

Ulrick   Elora Heitz

Dès le jour de la rentrée, Ulrick attira l'œil. Il s'était vêtu d'une chemise assez serrée pour faire apparaître ses muscles qu'il comptait bientôt développer. Il portait également un chino ainsi que des bottines basses marrons. Une tenue à faire tourner des têtes mais qui pourrait aussi faire beaucoup parler. Certains disaient "fils à papa", "enfant-roi", "enfant pourri gâté" et cela dès le premier jour ! Mais cela ne l'atteint pas, pas cette fois, pas cette année.

Son indifférence face à ces remarques le faisait sentir puissant et il aimait ce sentiment. La sonnerie retentit et il se dirigea vers la première salle de cours. Il n'hésita pas à se mettre au premier rang auquel était associé les intellos, les lèches bottes. Mais ces préjugés ne lui faisaient pas peur, après tout une place dans la classe n'était pas censée lui mettre une étiquette sur le front, ni à lui, ni à personne.

Les premiers jours se passèrent relativement bien. Ulrick avait réussi à sympathiser avec quelques camarades de classe. Ils commencèrent à se voir à l'extérieur. Les soirées arrosées avaient remplacé les soirées à la casse. Il y trouvait plus d'opportunités. Avoir une identité sociale était maintenant devenu plus important pour lui que de briser des rétroviseurs et des pare-chocs.

Pendant ce temps à la maison, Luna était toujours aussi malheureuse malgré le sourire qu'elle esquissait à son fils. Elle avait vu son fils devenir une autre personne et elle continuait de le voir évoluer dans le bon sens. Elle était de nouveau seule avec lui. Elle avait réussi à mettre dehors son petit-copain alcoolique, en revanche elle refusait de porter plainte par peur des représailles. Elle vivait donc dans la peur qu'il revienne, il lui était impossible de redéménager, ses revenus ne lui permettaient pas de le faire. Autrement dit, Luna se sentait comme prise au piège dans sa propre maison. Mais tout ce qui comptait pour elle c'était que son fils soit heureux peu importe ce que cela devait lui coûter. Son ex était parti et son fils paraissait plus détendu, en revanche il n'adressait que très peu la parole à sa mère. Il ne savait plus quel sujet il pouvait aborder. Il avait l'impression que les changements au niveau de son comportement avaient creusé un fossé entre sa mère et lui. Effectivement, Luna était heureuse de voir son fils ainsi mais pour elle, il avait changé trop vite et avait l'impression de vivre avec un inconnu. Cette pensée l'attrista, elle pensait même avoir rater une partie de la vie de son fils. Elle remit même son rôle de mère en question.

Au fil de l'année, Ulrick et ses camarades programmèrent des soirées arrosées tous les jeudis soir. Pendant ces dernières, Ulrick se servit de son charme et de son peu de connaissances en termes de danse. Au début, il était le gars assit devant le bar avec un verre à la main qui regardait et analysait tout ce qu'il se passait autour de lui. Ensuite, il était le gars debout adossé à un poteau qui parlait avec deux ou trois personnes toujours un verre à la main. Petit à petit, il devint le gars au milieu de la piste de danse avec cette fois la main d'une fille dans la sienne en train de s'adonner à leur meilleur rock sur n'importe quelle musique qui passait. A cet instant, il remercia les tutos qu'il avait vu pour apprendre à danser le rock. C'était vraiment la seule danse qu'il acceptait de danser à deux. Un rythme entraînant, une cohésion avec son partenaire obligatoire pour éviter de se marcher sur les pieds et surtout un très bon équilibre entre la personne qui guide et celle qui se fait guider. Il n'avait pas encore ressenti cette cohésion, cette alchimie d'où le fait que ses danses étaient que médiocre pour le moment. Il lui fallait trouver la bonne personne à faire tourner sur une musique rock'n roll.

Étant le seul à savoir danser le rock, il est devenu le mec cool de la classe. Les filles feraient n'importe quoi pour une danse avec lui et les gars lui demandaient des cours pour savoir danser. Il en déduit qu'il avait réussi à être celui que les gars enviaient mais aussi celui que les nanas désiraient. Son égo se voyait plus que flatter.

Au collège tout se passait à merveille. Ulrick n'était peut-être pas le plus séduisant mais il restait le plus intéressant et le plus intelligent de la classe. Il était le premier à vrai dire mais ses camarades ne lui avaient pas mis d'étiquette car il était aussi cool qu'intellect. Il passa en classe de 1ère avec les félicitations des professeurs ce qui impressionna sa mère. Son année de 1ère se passa comme une lettre à la poste. Sa cote de popularité était toujours en hausse, c'était plus flagrant qu'un baby-boom. Ses séances à la salle de sport portaient également ses fruits. Il avait été obligé de se refaire une garde-robe. Avec toutes ces réussites, Ulrick ne se décourageait pas à trouver la fille qui lui correspondrait. Beaucoup lui courait peu mais très peu l'intéressait voire même aucune. Soit, elles étaient canons mais sans cervelle soit elles étaient peu attirantes mais avaient de la culture. Ce n'est pas ce que recherchait Ulrick. Il voulait avoir une fille qui lui correspondrait physiquement et psychiquement. Il voulait également avoir une relation puissante, si puissante que tout le monde se retournerait pour les observer une fois passer les portes du lycée. L'élue de son cœur était en chemin mais ça il ne le savait pas encore.

A la rentrée de terminale, des nouveaux intégrèrent la classe. Ulrick cru qu'il était en train de baver. Il est resté estomaqué devant la beauté d'une des arrivantes. Il se demandait comment était-ce possible qu'une telle créature puisse exister. Son prénom ? Il le saurait tôt ou tard. Quel âge avait-elle ? Pourquoi est-elle arrivée cette année ? Il avait envie de tout savoir d'elle : son passé, ses peines, ses hontes, ses secrets, ses moments de fous rires… bref, il voulait savoir tout ce qui la touchait jusqu'à faire partie de sa vie. Ulrick était sous le charme et ce n'était que peu dire.

Durant le premier cours, le professeur fit la présentation de la jeune demoiselle. Elle se leva de derrière son bureau. Ulrick l'observa déambuler entre les rangées puis se planter devant le tableau. Elle repoussa une mèche de cheveux vers l'arrière et regarda l'ensemble de la classe de ses yeux verts perçants soulignés par un trait de liner parfaitement dessinés et symétriques. Elle était habillée d'un cache-cœur à manches longues rouges avec un pantalon évasé noir et des chaussures à talons fermées. Ulrick se fit la remarque que sans ses talons, cette charmante demoiselle ne devait pas être très grande. Cette pensée le fit sourire. Il observa les traits de son visage sans défaut, il ne présentait aucune rides, aucun bouton ni points noirs. Elle avait une peau mate, parfaite et en pleine santé. Son minois était encadré par de longs cheveux bouclés châtains soyeux. Ils étaient tellement beaux que n'importe qui aurait voulu y perdre ses mains. Ulrick priait pour qu'elle le remarque et qu'un échange de regard se fasse. Dans sa tête, ils étaient déjà en train de profiter de leur vie dans leur manoir. En totale admiration, il fixait la jeune lycéenne. Il fut réveillé de son songe par le timbre doux et mélodieux de cette créature divine. Il retint l'essentiel de ses paroles pures, son prénom : Daylia. A cette annonce, il remarqua que quelques garçons de la classe avaient sorti leur téléphone pour la trouver sur les réseaux. Ce ne fut pas son cas, il voulait sortir du lot. Son discours terminé, Daylia retourna s'asseoir deux places derrière Ulrick et sourit du coin des lèvres. Ce sourire, Ulrick l'avait bien vu et il était magnifique, un vrai rayon de soleil. A son passage, son odorat fut submergé du parfum de sa bien-aimée : une fragrance qui inspirait la fraîcheur, la pureté, la douceur mais aussi le charisme, la classe et la prestance. Il se demandait quel était le nom de son parfum et quel baume elle utilisait pour son corps. Sa peau avait l'air si douce et soyeuse presque comme de la peau de bébé. Ulrick voulait goûter chaque partie de son corps, glisser ses mains dans ses cheveux un nombre incalculable de fois. Daylia serait son objectif de l'année, il savait que l'avoir à ses côtés serait une fierté pour lui et qu'ils étaient complètement compatibles au moins physiquement. Il voulait être avec elle et il le serait, mais à quel prix, il l'ignorait.

Ulrick   Elora Heitz

Des jours, des semaines et des mois passèrent sans qu'Ulrick n'eut le cran juste d'adresser la parole à Daylia. Lui qui avait la tchatche facile se retrouvait démuni et timide. Il ne savait pas comment l'aborder et puis le destin lui joua un petit tour.

Un matin, Daylia n'était pas du tout d'avance, elle courait dans les couloirs mais ne connaissant pas encore très bien l'établissement elle déambulait. Stressée, elle n'imaginait pas la honte que ça serait et avec quel regard les autres la regarderait en la voyant arriver et interrompre le cours. Précipitée, elle ne fit pas attention à la porte des toilettes qui s'ouvrit et se la prit en pleine poire. Ulrick, surpris par le bong, s'empressa de regarder derrière la porte. Il se pencha vers la jeune adolescente et lui tendit une main avant de voir à qui il s'adressait. Daylia encore sonnée, secoua sa tête et prit la main d'Ulrick. Le jeune homme se sentit rouge. Elle se releva et le remercia en esquissant son plus beau sourire. Ulrick fut sous le charme et ne put sortir aucun mot de sa bouche. Il réussit tout juste à s'excuser. Elle, en revanche, semblait indifférente et lui demanda où se trouvait la salle de cours. Ulrick l'y accompagna. Ils avaient tous les deux des options différentes. Lui avait pris option littérature et elle option maths.

Ce premier contact n'était pas des plus impressionnants mais cela avait créé une faille dans le mur de glace entre les deux adolescents. Petit à petit, des regards étaient échangés. La femme intouchable commençait à baisser ses barrières mais continuait tout de même à se protéger. Ulrick en déduisit qu'elle avait dû être blessée pour paraître aussi froide et inatteignable. Peu lui importait la difficulté à partager sa vie avec, il avait lu que les personnes dur à avoir étaient souvent celles qui connaissaient leur valeur et donc qui ne s'obtenaient pas si facilement.

Durant les mois qui suivirent, une sympathie s'installa entre les deux adolescents. Des petits cafés par-ci, des sorties et soirées par-là. La rumeur qu'Ulrick et Daylia étaient ensemble courait déjà. Même s'ils s'appréciaient, aucun des deux ne laissait paraître de sentiments dû moins en public.

Parfois ils se retrouvaient le soir, tout s'était fait naturellement aucun des deux n'avaient posé la fameuse question que l'on pose tous en 6ème " est ce que tu veux sortir avec moi ?". Non, là ils étaient amis et puis à leur grande surprise un lien fort s'était tissé. Ulrick avait raison, ils se correspondaient tous les deux.

Daylia était attirée par le potentiel que cachait Ulrick. Elle savait qu'il était voué à faire de grandes choses. C'est ce qui la poussa à baisser ses barrières avec lui.

Et tout se passa lors d'une soirée bien arrosée le vendredi avant les vacances. Elle était vêtue d'une longue robe rouge fendue avec un brin de dentelle sur le corsage. De jolies créoles dorées ornaient ses oreilles, elles-mêmes assorties à son collier qui descendait jusque dans son décolleté plongeant. Et tout ce joli corps était surélevé par des talons aiguilles noirs. Elle est sublime pensa Ulrick.

Ulrick Elora Heitz

Quant à lui, il était vêtu d'un costard, son cou était orné d'un nœud papillon et son poignet d'une rolex. A eux deux, ils formaient le couple le plus classe de la classe.

Les heures filèrent à toute vitesse. Chacun profitait de la soirée de son côté mais ils s'étaient écrit par message qu'à minuit ils se rejoindraient dans une des chambres d'amis de la maison d'un de leurs camarades de classe. Ulrick était stressé, il se doutait bien qu'ils n'allaient pas se regarder dans le blanc des yeux ou jouer aux cartes non, ils allaient faire la chose. Chose que lui n'avait jamais faite et il n'avait jamais aborder le sujet avec Daylia, il trouvait cela très intime et il craignait que cela lui montre une mauvaise impression de lui.

Quand ils se retrouvèrent dans la chambre, le feu fit rougir leurs joues. Ils s'assirent l'un à côté de l'autre. Aucun des deux ne savait comment commencer, évidemment dans les films ou les vidéos X tout était simple et il n'y avait pas cette gêne. Ulrick fut amusé de voir Daylia, la jeune femme très confiante perdre d'un coup toute confiance. Elle avait même l'air songeuse. Ulrick sentait qu'elle avait un côté diabolique il pensa "un peu comme toutes les femmes" mais elle, elle avait quelque chose en plus. Il la regarda, elle le regarda. Elle commença par enlever ses talons. Elle prit son téléphone et mit une musique qui la faisait sentir comme une bad girl. Elle s'approcha de lui, tint son nœud papillon. Maintenant, leurs lèvres étaient à deux centimètres de se toucher. Elle se contenta de le regarder dans les yeux et de lui dire "la perte de contrôle, tu l'avais aussi prévue ?". Elle se sentait forte, puissante, sexy et irrésistible. Elle le fit se lever et s'asseoir sur une chaise. Elle mit une autre musique et commença à danser sensuellement tout autour d'Ulrick. Elle passa ses mains dans son costard, s'assit sur lui, fit balancer ses hanches de droite à gauche devant ses yeux, embrassa son cou à plusieurs reprises. Ulrick assistait au show d'une déesse qui savait jouer. Il voulut se lever, elle le fit se rasseoir. Elle lui banda les yeux, lui enleva son nœud papillon ainsi que sa veste de costard. Elle enleva sa robe laissant apparaître sa lingerie. Elle s'approcha de lui, prit les mains d'Ulrick et les posa sur son corps. Elle lui retira le bandeau et vit ses yeux remplis d'excitation. Il était en admiration, subjugué par la lingerie qui ornait parfaitement son corps divin. Elle a de très bon goûts pensa-t-il tandis qu'il ne pouvait regarder nulle part ailleurs. Elle continua sa danse sensuelle dans sa lingerie en dentelle noire accompagnée de son porte-jarretelles et de ses bas satinés. Ulrick se leva et cette fois il ne se laissa pas faire, il l'attrapa par les hanches et lui susurra " je vais te montrer ce qu'est la perte de contrôle". Il la fit basculer sur le lit, défit la ceinture de son pantalon, attacha les mains dans son dos, enleva sa chemise ainsi que son caleçon. Il était si excité. Jamais il n'aurait cru que sa première fois se passerait comme cela. Il se toucha devant le corps attaché de sa bien-aimée. Elle cambra, le regarda dans les yeux et lui dit "montre-moi ce qu'est la perte de contrôle". Il lui maintint la tête contre le lit et la pénétra. C'était une nouvelle sensation qui s'empara d'Ulrick. Son corps fut envahi d'une ardeur sans nom. Toujours accompagné de la musique, il commença à faire des va-et-vient. Il sentait son sexe entrer dans cette fabuleuse cavité chaude et humide. La vue de la cambrure de Daylia l'excitait encore plus. Ses allers-retours étaient en accord avec la musique et il sentait que la jeune demoiselle aimait autant que lui. Il entendait ses gémissements étouffés par les draps de l'amour. Elle lui ordonna de continuer et de la fesser. Ulrick s'exécuta. Quoi de plus excitant qu'une femme qui sait ce qu'elle aime. Elle reçut les plus fortes fessées qu'elle n'avait jamais eu, suivies de coups de reins tous plus forts que les autres. Ulrick se sentait venir, il continua jusqu'à la dernière minute. Daylia avait une respiration de plus en plus saccadée. Ulrick se retira tombant à côté de sa dulcinée.

Pendant qu'Ulrick s'adonnait à ses premiers plaisirs charnels, sa mère avait pris une décision certes égoïste mais elle n'arrivait plus à faire semblant. Elle n'avait plus le courage de continuer, elle l'avait eu toutes ces années mais elle en avait tellement vu qu'elle n'avait plus la force.

Un soir, alors qu'Ulrick rentrait des cours, il retrouva le corps inerte de sa mère allongé sur le plancher de la cuisine. Il hurla de terreur, il se demanda pourquoi elle avait fait ça, il lui en voulut de le laisser seul. Sur la table basse du salon, il vit une lettre écrite par la main de sa mère. Elle lui avait écrit une lettre d'adieu :

"Mon cher fils,

Si tu lis cette lettre c'est que je ne fais plus partie de ce monde. Je sais que tu vas te poser beaucoup de questions alors je vais y répondre avec les dernières forces qu'il me reste.

Je suis fière d'avoir été ta maman toutes ces années, mais j'en ai aussi beaucoup souffert comme tu le sais avec ton beau-père mais je t'avoue que je ne me suis jamais remise du départ de ton père Josh. Ton géniteur. Celui qui t'a abandonné. Il est parti car il ne se voyait pas père à son âge, je t'ai donc élevé avec ta grand-mère. Je ne t'en ai jamais parlé car tu étais encore trop jeune.

Malgré ce que tu voyais, ton beau-père n'était pas toujours très tendre avec moi. Il m'a fait subir des choses inavouables. Il m'a salie.

Je pars parce que je suis sale. Je pars car ce corps ne m'appartient plus.

Je t'aime mon fils.

Maman."

Ulrick était fou de rage. La colère et la tristesse avaient envahi son corps formant une bombe à bombardement prête à tout détruire. Son année de terminale ne se passait pas comme prévu or, Ulrick aimait être dans le contrôle. Cet évènement allait le changer à tout jamais. Il voulait retrouver son beau-père et le tuer. Il se souvint d'avoir déjà eu cette pensée. A l'époque ce n'était qu'un songe, aujourd'hui il passerait à l'acte. Il devait venger sa mère. Il donna à sa mère le plus bel enterrement. Daylia était à ses côtés. Elle avait déjà vécu la perte d'un être cher et elle savait que le soutien des proches était primordial. Elle lui proposa également de venir chez elle pour qu'il reste le moins de temps tout seul. Ulrick hésitait à accepter cette invitation quoiqu'elle ne soit pas déplaisante. Il voulait élaborer un plan pour coincer le responsable de la mort de sa mère, il répondit tout de même oui à la proposition de sa bien-aimée.

Ulrick   Elora Heitz

Des semaines passèrent et le visage d'Ulrick commença à se creuser, ses traits se tiraient et ses yeux étaient soulignés de cernes. Daylia s'inquiétait pour lui. Elle le voyait se renfermer, il ne mangeait plus, ne sortait plus et parlait que très peu. Elle pensa qu'il était toujours en état de choc. Retrouver sa mère sans vie n'est pas quelque chose d'anodin. Elle essaya à plusieurs reprises de discuter avec lui mais aucun mot ne sortit de la bouche d'Ulrick. Daylia continuait d'aller en cours malgré tout. Elle était venue pour obtenir un diplôme et rien ne l'en empêcherait. Avant de partir, elle lui demandait de lui envoyer un message par heure. Certes Ulrick pouvait trouver cela oppressant mais il savait que c'était pour la rassurer.

Ulrick passait ses journées à effectuer des recherches sur son beau-père. Il travaillait dans l'ancienne boîte de sa mère Quality Round. Il réussit à obtenir son nom et son prénom en appelant son travail mais son interlocuteur lui mentionna qu'Eric n'était pas venu depuis bientôt 1 mois et demi. Ulrick demanda s'il en savait plus et il lui répondit que non. Cela allait compliquer ses recherches mais il n'abandonnerait pas.

Il réalisa qu'il ne pouvait pas rester chez Daylia, cela lui ferait trop à assimiler et elle devait se concentrer dans ses études. Il prit donc la décision de partir, où il ne le savait pas encore mais il était décidé. Parce qu'il aimait Daylia et pour la protéger, il devait partir. Il prit son sac, laissa une lettre sur le lit de sa dulcinée. Il prit une grande inspiration, franchit le pas de la porte, fit quelques pas, se retourna une dernière fois et partit.

Ulrick   Elora Heitz

Chapitre 3

Ulrick était triste mais il n'avait pas le choix. Il faisait cela pour le bien de Daylia. Il espérait qu'elle comprendrait. Cette dernière rentra des cours, elle se rendit compte que la maison était calme, trop calme à son goût. Prise de panique elle se précipita à l'étage imaginant tous les scénarios horribles possibles. Elle espérait qu'il se soit endormi, au lieu de ça, elle arriva dans sa chambre vide. Tout était rangé soigneusement mais elle ne remarqua pas que le sac d'Ulrick n'était plus là. Son regard fut dirigé vers la lettre posée sur son lit. Elle la prit et vit qu'elle lui était adressée :

" *Ma douce,*

Si tu lis ce mot c'est que je suis déjà loin sur la route. Cette décision m'attriste autant que toi sache-le mais j'ai réalisé à quel point j'étais un fardeau et je refuse de t'imposer cela. Tu as ta vie, tes études et je ne veux pas empiéter dessus, c'est pourquoi j'ai pris la décision de partir.

N'essaie pas de me contacter je me suis débarrassé de mon téléphone. Je te souhaite la réussite et l'amour. Tu mérites d'avoir quelqu'un qui te rende heureuse et qui prenne soin de toi. Je te remercie pour tout.

A bientôt.   *Ulrick* "

Ulrick   Elora Heitz

Daylia jeta la lettre, cria, hurla et insulta Ulrick de tous les noms possibles. Elle aurait voulu être là, le convaincre de rester et lui dire qu'il n'était pas un fardeau, qu'au contraire ça la rassurait de l'avoir à ses côtés mais il était parti avant qu'elle puisse le retenir.

De son côté, Ulrick marchait de ville en ville. Il se rendait dans les mairies, les offices de tourisme afin de se renseigner sur les chambres disponibles chez l'habitant. Il y fit de très belles connaissances. Chaque personne chez qui il s'arrêtait, lui demandait d'où il venait, qu'il semblait tout de même jeune, où étaient ses parents mais à chaque fois, il s'arrangeait pour dévier la conversation puis partir. Son passé ne concernait que lui et la raison pour laquelle il "voyageait" aussi.
N'ayant plus assez de sous, il lui fallait trouver une source de revenus au plus vite.

Après plusieurs semaines de marche, il arriva dans un patelin un peu moins grand que Greendale. Il y avait un bar, une pharmacie, une église, un supermarché regroupant coiffeur, boucherie, boulangerie et supérette. Il se dirigea vers les panneaux d'informations et y vit une recherche d'employés justement dans le bar devant lequel il était passé. Il prit l'annonce et s'y présenta. Il était bien conscient que sa dégaine n'était pas professionnelle mais il misa sur son intelligence, son charisme et sa prestance pour décrocher cet emploi. Trois quart d'heure passèrent pendant lesquels Ulrick avait été tout à fait honnête sur son manque d'expérience dans le domaine mais qu'il apprenait vite. Sa sincérité mit en confiance son patron. Il décida de lui accorder 1 semaine d'essais et si tout se passait bien il l'embaucherait. A la fin de l'entretien, ils se serrèrent la main et Ulrick alla en mairie afin de trouver un gîte. La question du logement réglée, il n'y avait plus qu'à croiser les doigts pour que le patron l'embauche pour combien de temps il ne le savait pas mais il espérait suffisamment pour mettre des sous de côté.

Ulrick commença donc son contrat au bar qui se nommait " The Great Star". C'était un pub qui rassemblait tous les alcooliques du quartier mais aussi de jeunes femmes. Il pensa que c'était sûrement la seule activité des jeunes dans le coin. Les murs étaient décorés des portraits de Marylin et de Chaplin, il y avait également des lanternes style vintage qui éclairaient les tables des clients d'une lumière tamisée. Les tables avaient un effet bois et étaient accompagnées de banquettes en cuir rouge. Du bar, Ulrick pouvait apercevoir la rue au travers de la baie vitrée du moins quand le parking n'était pas complet ce qui arrivait très rarement. Il faut dire que l'ambiance était très attrayante, les paroles des clients étaient accompagnées par des musiques des années 80 et à partir de minuit par des musiques plus récentes incitant presque à se retrouver dans les toilettes pour succomber à la luxure. Tout ceci plaisait à Ulrick.

Des semaines passèrent et Ulrick avait signé. Un midi dans la semaine, le patron lui avait annoncé qu'une soirée très spéciale allait se produire dans son bar dans les prochains jours mais il refusait d'en dire plus. Il promit de lui communiquer la date quelques jours avant. Ulrick lui demanda juste s'il y aurait un dress code particulier et tout ce que son patron lui répondit c'est de venir dans la tenue qu'il souhaitait à condition qu'elle soit appropriée au travail.

Le jour J arriva. Ulrick était habillé comme d'habitude, il avait juste mis un nœud papillon pour décorer son cou. Son patron lui avait dit qu'une livraison arriverait et qu'il faudrait la ranger à l'arrière de la boutique. Quand le transporteur arriva, Ulrick l'aida à décharger et essaya de deviner ce qu'il pouvait se cacher dans les cartons. Il était rusé mais pas devin. Son employeur lui glissa un mot dans l'oreille quand le bar était un peu plus vide " ce soir, notre bar va être rempli d'allumeuses". Ulrick avait oublié qu'il était un peu cru dans ses mots mais ça ne le dérangeait pas. Il avait bien pris note de l'information et il pensa "si je peux en ramener une, ça fait longtemps". Il avait hâte qu'elles arrivent.

Le soir, le bar avait pris une tout autre ambiance. Des leds rouges et bleues ornaient les murs, des barres de pole-dance avaient été mises en place et des musiques très tendancieuses avaient remplacé la playlist des années 80. Ulrick vit plusieurs femmes de tout âge arriver. Elles avaient toutes l'air si délicieuses, elles se dirigèrent vers les toilettes comme si elle connaissait le lieu pour se changer et mettre leurs cornes de diablesses. Oui, Ulrick pensait que la femme était une création du diable vouée à tenter les hommes et à les manipuler jusqu'à les mener à leur perte si elles le souhaitent. Ulrick cherchait sa diablesse. Peut-être qu'il la trouverait ce soir. Il se retourna pour ranger un verre à pied et sentit quelqu'un filer dans son dos. Il fit volte-face et ne vit personne, il crut que c'était son imagination.

Le patron lança une musique endiablée et Ulrick vit toutes les femmes rejoindre le bar ou les barres de pole-dance. En une fraction de seconde, le bar était rempli de femmes à moitié nue, certaines avec des ensembles, d'autres avec des bodys en dentelles et d'autres portaient des ensembles noirs, rouges avec des portes jarretelles en dentelle. L'œil d'Ulrick fut porté sur une jeune femme aux longs cheveux frisés bruns. Il la voyait de dos et fut intrigué de voir quel ensemble elle avait décidé de porter. Elle se retourna sur la barre de pole-dance et il aperçut sa lingerie. Un bel ensemble bleu électrique transparent accompagné d'un porte-jarretelle et d'un collier avec un anneau. Son corps était orné de chaînes dorées. Une très belle créature pensa Ulrick. Son patron regarda dans la même direction que lui et s'approcha de son salarié en lui disant "ferme la bouche, la bave coule et ce n'est pas très sexy". Ulrick fut tiré de son songe et continua de travailler. Il voulait l'aborder et il le ferait. Il l'observait de loin, il la voyait jouer avec son corps, remuer ses hanches, se caresser la poitrine ou même juste remonter ses cheveux afin de découvrir totalement sa silhouette divine. Elle avait l'air inaccessible. Ulrick s'était mis au défi de la séduire au moment où il l'a vue.

Il tenta une approche. Il se rapprocha d'elle tout en restant derrière le comptoir comme s'il était un obstacle, une protection et lui demanda si elle voulait boire quelque chose, elle lui répondit " ce n'est pas un verre que je veux, c'est celui qui le tient mais je prendrais bien un Sex on the Beach" en léchant ses lèvres.

Ulrick　　　　　　　　　　　　　　　　　　Elora Heitz

Ulrick resta bouche bée il ne s'attendait pas à une telle réponse, il lui servit le verre. Elle prit la paille en bouche d'une manière si sensuelle que cela donna une érection à Ulrick. Il fut gêné et la vit sourire. Son état avait l'air de l'amuser. Elle retourna à sa barre se déhancher, twerker en ayant bien conscience qu'elle était observée. Ce jeu de séduction continua des heures ne laissant aucun répit à son pénis.

La fermeture du bar approchait à grands pas et Ulrick se dit que c'était le moment où jamais. Il s'approcha de la jeune femme, défit les deux premiers boutons de sa chemise et lui lança " celui qui tient le bar te propose de le suivre dans son humble demeure". Elle lui répondit avec un regard perçant "avec plaisir mais seulement si celui qui tient le bar se met à genoux". Ces propos firent sourire Ulrick et sur un ton séducteur lui avoua " je me mets à genoux que pour prier donc sache que si je me mets à genoux devant toi il faudra cacher les yeux de Dieu". Sa réponse ne la laissa pas indifférente, d'un seul coup elle sentit une bouffée de chaleur monter en elle. Elle en était sûre, il avait du répondant, ça lui plaisait et elle était curieuse de savoir quel comportement il aurait sous les draps. D'un air dominatrice elle lui adressa ces quelques mots " très bien, et bien dans ce cas montre-moi pourquoi il faudrait cacher les yeux de Dieu". Ulrick était fou, d'ici 5 min le bar serait fermé.

　　Ulrick amena la jeune femme dans sa voiture. Il habitait à 5 min de son travail en voiture. Ils étaient excités. Il posa une main sur le levier de vitesse, elle lui prit et la posa sur sa cuisse nue sous son manteau. Il la remonta vers son entrejambe. Il la sentit frissonner. L'appartement était maintenant qu'à 2 pas. Elle l'embrassa avant d'ouvrir la porte de la voiture. Arrivé en bas de chez lui, Ulrick peina à ouvrir du premier coup la porte d'entrée étant si pressé de "baiser cette sauvageonne" pensa-t-il. Ils prirent juste le temps de fermer la porte et Ulrick plaqua la jeune femme contre le mur. Une main tenait son coup l'autre les hanches et ses lèvres étaient contre les siennes. Ils se dirigèrent vers le salon. Il l'allongea et lui enleva son string avec les dents avant de mettre sa tête entre ses jambes, il lui dit "voilà pourquoi Dieu va se cacher". Il effleura sa langue sur le sexe de la jeune femme. Elle était mouillée, excitée. Elle commença à se tortiller de plaisir de loin, certaines personnes auraient pu croire à un exorciste. Dans la fougue elle lui lâcha "prends-moi et baise-moi comme tu l'as jamais fait". La libido en augmentation, il attrapa ses hanches, tira ses cheveux et rétorqua "petite chienne, je veux te voir prendre ton pied". Cette réflexion excita la strip-teaseuse. Avec ses mains, elle écarta ses deux fesses et commença à twerker sur le sexe d'Ulrick. "Qu'est-ce que tu es bonne" lui adressa-t-il en la fessant fortement. Elle aurait sûrement les marques le lendemain mais au moins elle en gardera un bon souvenir. Elle l'acheva en lui disant " prends-moi par le cul", Ulrick s'exécuta, il donna tout ce qu'il avait. Il l'entendait gémir de plus en plus fort, tellement fort qu'il lui plaque une main sur sa bouche. Si excité, Ulrick jouit dans son cul et se retira. Il alla dans la salle de bain, quand il revint, il la vit allongée sur le lit toute tremblante. Il s'allongea à côté d'elle et tout ce qu'elle réussit à lui dire avant de s'endormir c'est "Je m'appelle Lia". Ulrick la mit sous la couette et ils passèrent ce qu'il restait de la nuit ensemble.

Ulrick Elora Heitz

Le lendemain matin, Lia n'était plus présente dans la chambre. Ulrick pensa qu'elle était repartie et qu'il ne la reverrait plus jamais. Il s'habilla pour aller au travail comme tous les matins. Tout au long de la journée, ses pensées allaient vers Lia. Il repensait à cette soirée intense, torride, sauvage. Quand il fermait les yeux, il la voyait, elle, nue avec sa cambrure. Son envie de la fessée était grandissante alors qu'elle n'était pas là. Il revint à la réalité en secouant sa tête et se rappela qu'elle n'était plus là. Après tout ça n'était que pour le cul tout ça. Ulrick rentra chez lui le soir, il s'allongea sur son lit, se mit sur le côté et pensa qu'il aurait aimé que Lia soit à côté de lui.

Les jours passèrent et Lia était omniprésente dans l'esprit d'Ulrick. Pourtant il avait couché avec d'autres femmes mais aucune ne l'égalait. Elle était trop bonne dans ce qu'elle faisait, bonne tout court. Alors qu'Ulrick était dans l'arrière-boutique, son patron vint le chercher en lui disant que quelqu'un le demandait. Le cœur d'Ulrick battit la chamade. Il se précipita devant le bar et il s'arrêta net. Daylia. Elle était revenue. Comment avait-elle fait pour le retrouver ? Qu'est-ce qu'elle faisait là ? Il n'avait aucune réponse à ses questions, mais la présence de Daylia le rendait mal à l'aise. Ulrick voulait mourir sur place. Elle voulait simplement avoir des réponses à ses questions. Or, lui, ne voulait même pas lui adresser la parole. Il esquivait tout regard et s'arrangea pour que son patron s'occupe d'elle.

Daylia n'était pas venue pour rien, elle voulait des réponses et elle les aurait. Pourquoi était-il parti comme un voleur ? Elle fit mine de partir et attendit la pause d'Ulrick.

Quand midi se fit, Ulrick sortit déjeuner. Daylia l'attrapa par le bras. Il ne pouvait plus fuir. Elle lui demanda alors pourquoi il était parti en laissant une lettre futile. Il lui répondit avec un ton très calme je n'avais plus de sentiments pour toi. Daylia sentit les larmes montées, lui tourna le dos et partit. Elle avait sa réponse. Ulrick ne savait pas si elle était en colère ou triste mais une chose était sûre, son départ avait transformé la femme qu'il avait auparavant aimé.

Dans les jours qui suivirent, une autre surprise se présenta au bar. Et celle-ci allait vraiment faire plaisir à Ulrick. Une femme aux longs cheveux lisses bruns, à la peau mate, aux yeux clairs comme de l'eau de roche et vêtue d'une robe mi-longue ruchée vert sapin avec un dos nu. Elle était sublime. Ses yeux étaient soulignés d'un trait de liner parfaitement dessinés et illuminés par un fard à paupières couleur or. Ravissante, splendide, incroyable. Ces trois mots avaient traversé l'esprit d'Ulrick mais il les jugea pas suffisant pour décrire la beauté qui se tenait devant elle. Il s'avança pour lui proposer une boisson et elle lui répondit "un sex on the beach s'il vous plaît". Cette voix… Ulrick la connaissait trop bien. Il regardait la fille s'éloigner et il s'écria " Lia !". La jeune femme tourna la tête. Ulrick put apercevoir un léger sourire. Lia continua sa route sans se retourner. Il lui courut après, lui attrapa le bras. Elle le regarda dans les yeux et lui donna un

Ulrick Elora Heitz

bout de papier. Elle partit. En retournant à son travail, il ouvrit le papier. Il y était noté une adresse et une heure. Ce soir, il savait qu'il s'éclaterait.

Le soir venu, Ulrick s'est présenté à l'adresse. C'était un hôtel majestueux. Il se dirigea vers la réception et demanda le numéro de chambre de Lia. La réceptionniste leva les yeux. Ulrick reconnut les yeux clairs de cette superbe créature. Ils se dirigèrent vers l'ascenseur. Lia sélectionna le numéro 17. Arrivés au deuxième étage, Ulrick se rapprocha du corps de Lia. Il la regarda intensément, fit glisser sa main sur sa cuisse si douce et remonta jusqu'à son entrejambe. Ulrick la plaqua contre l'ascenseur et lui murmura au creux de l'oreille "maintenant il te reste 15 étages pour jouir". Il n'avait pas oublié la manière dont elle jouissait et cela l'excitait davantage. Ulrick effleura les lèvres de Lia lui procurant un plaisir très intense. Elle gémissait. Lia voulait Ulrick au plus profond d'elle. Il lui inséra un doigt, fit quelques va-et-vient et l'ascenseur s'ouvrit. Lia en voulait encore plus. Ils coururent dans le couloir avant d'arriver dans la chambre d'hôtel. Elle mit une musique d'ambiance, activa les leds rouges et fit chauffer le jacuzzi. Lia se jeta sur Ulrick. Il avait fait naître en elle une lionne affamée, or Ulrick voulait lui montrer sa vraie nature. Il tint la tête de Lia contre le lit l'empêchant de bouger, il souleva sa robe et la prit violemment. Jamais Lia n'avait été baisée comme ça, elle était en extase, elle agrippa ses fesses et les griffa à sang. Alors que les va et viens d'Ulrick étaient de plus en plus fort, Lia lui demanda de l'étrangler. Ulrick s'exécuta.

Leurs ébats terminés, Ulrick pensa qu'ils formaient un couple idéal. Ils se complétaient sexuellement. A chaque fois, il y avait cette alchimie qui mettait Ulrick et Lia en trans. L'idée d'emménager tous les deux traversèrent l'esprit du jeune homme et elle ne lui sembla pas si mauvaise. Il en fit part à sa bien-aimée qui eut un grand sourire à cette proposition.

Les mois passèrent, Ulrick et Lia vivaient un amour fougueux jusqu'à ce jour où leur relation fut tachée de sang.
Lors d'une dispute, un coup de feu avait retenti.
3 mois avant, l'ex de Lia avait refait surface. Il se nommait Riven et était du genre mauvais garçon. Au début de leur relation tout se passait à merveille. Ils nageaient dans le bonheur et puis petit à petit, Rive devin très possessif, très jaloux. Il était allé jusqu'à décider les vêtements que Lia portait. Cette situation oppressante dura dans le temps jusqu'au jour où Lia décida de partir. Entre temps elle avait rencontré Ulrick et leur relation était magique.
Un soir, alors qu'elle était à son travail de strip-teaseuse, elle vit le visage familier de Riven. Son corps se glaça et ses mâchoires se crispèrent. Elle essaya tant bien que mal de ne pas le regarder pendant sa prestation mais cela lui était impossible. Tous les bons souvenirs de cette relation avec Riven lui revinrent en tête et plus particulièrement les moments de sexe. Elle se souvint qu'ils avaient baisé dans une multitude d'endroits : dans un bar, dans la forêt, dans une piscine, dans un autobus. Ils étaient très actifs au grand plaisir de Lia. Ces pensées l'émoustillèrent. Le changement de couleur du fond de son string lui indiquait

que son corps désirait un plaisir charnel avec cet Apollon. Pendant son show, Lia se prit aux jeux des regards, elle joua de son corps pour qu'il sache qu'elle savait qu'il était là. Elle but quelques verres entre deux musiques. Elle aimait Ulrick mais elle aimait encore plus le sexe avec Riven. Il faut dire qu'il savait comment la baiser après 5 ans de vie commune. Et Lia adorait se faire désirer. Elle se dit que rebaiser avec ce soir ne serait pas dramatique et qu'Ulrick ne serait jamais au courant. Après tout, elle n'a qu'une vie et elle ne voulait pas se sentir frustrée à cause de pensées limitantes. Elle s'approcha de la table de Riven, mit ses seins devant son nez, descendit du podium et commença à twerker sur les genoux de Riven. Tout ceci fit ressurgir son instinct animal. Il voulait la prendre tout de suite devant tout le monde. Lia apprécie tout de même que leurs ébats soit un minimum intimiste.

Après plusieurs verres bus, Riven attira Lia dans une ruelle isolée de tous les regards. Là, il la pencha contre un muret. Lia était assez baissée pour que Riven puisse voir sa culotte toute mouillée qui moulait parfaitement bien ses lèvres qui demandaient juste à être léchées. Riven la lui baissa en lui embrassant le cou et lui caressant les tétons sous son soutien-gorge. Il effleura ses lèvres du bout des doigts, procurant de grands frissons à Lia. Il baissa son pantalon et sortit son sexe dur de son caleçon. Lia savait à quel point il avait bien été gâté. Elle prit le sexe de Riven dans ses mains et le branla juste assez pour qu'il lâche un léger gémissement. Riven prit Lia par les hanches et commença à lui donner ses meilleurs coups de reins. Il lui tira également les cheveux afin d'accentuer la cambrure de Lia. Riven lui passa également une main autour de son cou de manière que Lia ait sa tête posée sur son épaule. Les allers et retours du sexe de Riven s'accentuèrent entre les lèvres de Lia jusqu'à leur faire prendre leur pied.

    Ce plan cul terminé, Lia rentra chez Ulrick. Ayant bu beaucoup d'alcool, lorsqu'elle arriva dans la chambre, elle s'écrasa sur le lit. Ulrick la déshabilla, la mit sous la couette et la prit dans ses bras.

    Cela faisait maintenant 10 mois que Lia et Ulrick avaient emménagé ensemble. Cela faisait également 4 mois que Lia cachait ce qu'elle avait fait à Ulrick. Alors qu'elle allait prendre sa douche, Ulrick aperçut une notification sur le téléphone de sa tendre. Un message provenant d'un numéro non enregistré dans s'afficha : "j'ai vraiment aimé te baiser, ça m'a fait remonter des souvenirs".

    Ulrick crut à une blague, il décida d'attendre Lia assis sur le lit. Lorsqu'elle revint de sa douche brûlante, elle vit la mine maussade qu'avait Ulrick. Elle lui demanda si quelque chose le tracassait, Ulrick lui répondit que non juste une mauvaise nouvelle. Il ne savait pas s'il devait prendre ce message au sérieux, il décida donc de ne pas en parler tout de suite. Et puis Lia pourrait penser qu'il fouille son téléphone et donc cela toucherait la confiance qu'il y a entre eux.

    Des jours, des semaines, des mois passèrent et Lia recevait toujours ces messages à connotations sexuelles. Cette situation pesait de plus en plus sur la conscience d'Ulrick. Il décida donc de jouer cartes sur table.

    Un soir, alors que Lia rentrait de sa prestation non loin de chez Ulrick. Son amoureux lui avait préparé un dîner à la chandelle, une bouteille de

Ulrick Elora Heitz

champagne était posée sur la table elle-même décorée d'un vase contenant un bouquet de belles roses rouges. Cette attention toucha beaucoup Lia, elle regarda Ulrick avec ses yeux perçants et lui demanda pourquoi toute cette mise en scène. Il lui répondit avec une froideur que Lia n'avait encore jamais perçue " Si ce dîner est le dernier que je passe avec toi, je veux qu'il soit des plus réussi" Lia le regarda avec un air interloqué. Elle ne savait pas si ce qui était plus effrayant était l'air si froid et menaçant d'Ulrick ou la phrase qu'il avait prononcé. Elle s'assit tout de même en face de lui. Il lui servit un verre de vin rouge et lui posa tout un tas de questions sur son travail, ses fréquentations. Elle ne comprenait pas le principe de cet interrogatoire et où voulait en venir Ulrick. A moins que... pensa-t-elle. Ulrick se pencha vers elle comme s'il savait exactement ce à quoi pensait Lia. Elle commença à parler quand Ulrick lui coupa la parole et lui avoua qu'il avait vu ce message il y a maintenant plusieurs mois. Lia ne savait pas où se mettre, elle se sentit rougir de honte. Lia but une gorgée de vin rouge, s'éclaircit la gorge et commença à lui expliquer quand elle se sentit faiblir. Elle avait l'impression de suffoquer, chaque parole lui coutait sur sa respiration. Elle fut également prise de nausées avant de tomber de sa chaise. Ulrick se plaça au-dessus d'elle et lui dit d'un ton glacial " si je ne peux pas t'avoir personne ne t'aura". Lia perdit conscience, Ulrick en profita pour s'offrir une dernière baise avec sa bien-aimée. Après avoir joui, il sortit son revolver qu'il avait auparavant acheté à un ancien mercenaire et colla une balle entre les deux yeux de Lia. Il observa une dernière fois le corps de Lia et une pensée lui traversa l'esprit "elle est encore plus belle, plus excitante morte que vivante".

Chapitre 4

Ulrick a bientôt la quarantaine. Depuis la mort de Lia, il a totalement changé. La dépression ne lui avait pas fait de bien. Il s'était réfugié dans la drogue et l'alcool créant ainsi des creux au niveau des joues rendant son visage blafard. Son patron avait l'impression d'avoir un cadavre comme employé et il se demandait même si à la longue il allait le garder. A force de voir Ulrick épuisé, cadavéreux, shooté, il se demandait s'il ne valait pas mieux qu'il reste chez lui d'autant plus que cela faisait 2 fois qu'au comptage de la caisse le soir, son patron remarquait qu'il y avait un trou de 20 euros. Or pour lui, il était inimaginable qu'un de ses employés le vol.

Cette situation récurrente valat à Ulrick un entretien avec son patron pendant lequel il lui annonça qu'il ne reconduira pas son contrat. Tout ceci mit en rogne Ulrick, il se leva, tourna les talons, prit sa veste et partit sans un mot. Par pure provocation, Ulrick prit donc l'habitude et un malin plaisir à venir boire son whisky pur tous les soirs. Les verres s'enchaînaient très vite. Il ne comptait plus le nombre de fois où il était jeté dehors pour ébriété.

•

Un soir, alors qu'il ne tenait pas debout comme à son habitude, Ulrick aperçut une silhouette assez floue à deux tables de lui dans le fond du bar. Il était

Ulrick — Elora Heitz

ivre mais pas assez pour reconnaître une personne sombre de son passé. Eric, son beau-père se tenait maintenant à côté de lui au bar pour commander sa boisson. Il ne fit pas attention à Ulrick mais lui, l'avait très bien reconnu. Ses poings se serrèrent si forts que ses ongles se plantèrent dans sa paume. Agir dans son état n'était pas judicieux mais Ulrick avait rêvé de ce moment toute sa vie et il n'avait pas oublié la promesse qu'il s'était faite " je le tuerais de mes propres mains pour tout ce qu'il t'a fait subir maman". Le suicide de sa mère ne devait pas rester sans vengeance. Ulrick bu son whisky pur d'une traite, reposa violemment le verre sur le bar. Cet acte fit sursauter Eric qui ne comprit pas pourquoi cet homme était si agressif. Eric n'avait toujours pas reconnu son ex-beau-fils Ulrick. D'un côté, il était difficile de le reconnaître avec son teint pâle, ses poches cernées sous les yeux, son aspect cadavérique. Certaines personnes pourraient se demander comment Ulrick faisait pour tenir debout. Il se dirigea vers la table du fond du bar en titubant et s'arrêta net devant Eric. Prenant ainsi une posture imposante et menaçante. Eric ne leva pas les yeux et pensa que cet homme était juste totalement ivre et qu'il partirait bientôt tout en continuant de manger son saucisson. Devant son indifférence, Ulrick se mit à sa hauteur et le regarda droit dans les yeux (à sa grande surprise il ne voyait pas flou), cet homme qui avait osé abuser de sa mère, cet homme qui n'hésitait pas à le battre. Son regard était animé par la haine et tout ce que ses lèvres prononcèrent c'est "Eric" sur un ton glacial. Ulrick se jeta au cou d'Eric tentant de l'étrangler mais ce dernier réussit à se défaire de sa prise. En à un rien de seconde, la table, le saucisson et la tasse avaient valdingué montrant les deux hommes en train de se battre. "Ulrick, je te reconnais maintenant, toujours cette haine, cette rage en toi", dit Eric entre deux coups de poings. Ces mots ne firent qu'énerver encore plus Ulrick. Il allait le faire payer quoiqu'il lui en coûte. Il reprit le dessus sur Eric et cette fois-ci, il se mit à cheval, le bloquant de toutes ses forces avec ses cuisses. Dans un élan de rage, Ulrick mit un, puis deux, puis trois coups de poings dans le visage d'Eric, lui cassant le nez et perdre 2 dents. Ulrick était heureux mais ça n'était pas suffisant. Autour de lui, personne n'osait s'approcher, personne ne voulait se frotter à une personne aussi incontrôlable et haineuse qu'Ulrick. Il était dans le même état qu'Ivar le désossé. Ulrick attrapa le couteau du saucisson, pu observer le regard apeuré d'Eric, lui sourit et le poignarda dans le cœur 13 fois d'affilée. Ses coups étaient de plus en plus forts et respiraient de plus en plus la rage mais cela lui faisait du bien. Sa vengeance assouvie, il se leva, jeta le couteau par terre, cracha sur le cadavre de son ex-beau-père et lui adressa ces dernières paroles " brûle en enfer sac à merde".

    Pendant son accès de rage, il n'avait pas fait attention mais le peu de client présent était parti un à un pour ne pas voir cette scène de crime, même le patron était parti "sûrement appeler la police" pensa-t-il. Il ramassa les affaires qui étaient tombées de ses poches et quitta le bar sans se retourner.

•

Ulrick reparti sur la grande route, laissant derrière lui deux cadavres qu'il avait pris plaisir à tuer. La violence, il vivait pour ça, il adorait ça et il se sentait épanoui quand il tuait. Sa mère était enfin vengée et il était heureux. Pour sourire un peu plus, il se rappelait l'effroi dans les yeux d'Eric juste avant de l'assassiner. Il se rappelait également le plaisir qu'il avait pris à pénétrer le corps inerte de Lia. Son corps était encore chaud quand il y avait introduit son sexe et le fait de ne pas la voir bouger lui avait réellement donner l'impression qu'il la dominait et qu'elle n'avait pas son mot à dire. Il avait dormi avec son corps quelques soirs, l'embrassant, la touchant. Parfois, il la prenait si fort dans ses bras qu'il pouvait sentir et entendre ses os craquer et cela lui procurait un bien-être fou. Il avait laissé avec elle en guise de signature une rose rouge dans sa bouche. Ne serait-ce que d'y penser, il avait la gaule et il se rendit compte que ces plaisirs lui manquaient intensément comme si un fumeur n'avait plus de cigarette.

    Toujours dans ses songes, Ulrick avançait sur les routes de campagne. Parfois il trouvait des personnes aimables pour l'accueillir, d'autres fois il dormait dans des écuries, ou encore sous des ponts.

Lors de son voyage, il aperçut une sorte d'auberge éloignée de la route et reculée dans les champs. Voyant de la lumière et la fumée sortant de la cheminée, Ulrick en conclut qu'elle était habitée. Il se planta devant la porte d'entrée et toqua. Un vieil homme aux cheveux grisonnants, habillé d'une salopette et d'une chemise à carreaux rouges et blancs, ouvrit la porte le fusil en anjou. Surpris, Ulrick leva les deux mains au-dessus de sa tête et pria pour que l'habitant ne tire pas. Voyant qu'il était méfiant, Ulrick lui expliqua qu'il cherchait juste un refuge pour quelques nuits et en contrepartie, il ferait ce que veut l'habitant. Ulrick fut ravi de voir que l'habitant baissait le fusil vers le sol et en un rien de seconde, une main de bûcheron attendait d'être serrée. Ulrick tendit la sienne et il serra la main de l'habitant en prononçant son prénom. L'habitant en fit de même "Jeff".

Alors qu'il avait trouvé refuge chez Jeff, il apprit qu'il y avait une grande forêt à 2km vers le nord. L'habitant en connaissait une bonne partie car il y allait souvent chasser, il proposa aussitôt à Ulrick de l'accompagner lors d'une de ses parties de chasse. Une proposition qu'Ulrick accepta. Lors de cette sortie, Ulrick, étant un très grand observateur remarqua un chemin caché par les ronces, les herbes hautes. Il sortit un couteau de sa ceinture et marqua l'arbre en face du chemin d'un coup de scalpe. Il continua sa route sur les pas de Jeff. Cette sortie fut productive car les deux chasseurs ramenèrent une biche, deux lapins et deux buses. Ils avaient de quoi manger pour 5 jours.

Une fois attablés, Ulrick posa des questions au chasseur comme par exemple "la forêt est-elle très fréquentée ? ", "est-elle habitée ?". Jeff répondit négativement aux deux questions et ajouta qu'il avait connaissance d'une ancienne cabane dans le sous-bois mais qu'à l'heure d'aujourd'hui elle ne devait plus exister. Ulrick eut un rictus de satisfaction.

Le troisième soir arriva et Ulrick se munit de son sac à dos, d'une lampe torche et se dirigea vers la forêt. Il arriva tant bien que mal à retrouver l'arbre qu'il avait marqué. A l'aide de son couteau, Ulrick débroussailla ce qu'il pouvait sur le chemin. Des plantes grimpantes par-ci, des orties et des ronces par-là, Ulrick en ressortit indemne mais sa peau le démangeait affreusement. Il continua son aventure à la Indiana Jones espérant tomber sur la cabane du récit de Jeff.

Ulrick   Elora Heitz

Ses avant-bras étaient égratignés çà et là, des branches de ronces étaient toujours accrochées à son pantalon et à son sac à dos.

Le matin commençait à se lever et Ulrick était fatigué. Il s'installa dans le creux d'un arbre pour se reposer. Son expédition était plus physique qu'il ne l'avait pensé. Il avait dû marcher une dizaine de kilomètres dans la profondeur de la forêt sans avoir croisé l'ombre d'une cabane même délabrée. Le soleil se levait lentement, les feuilles des arbres laissaient passer quelques rayons dont quelques-uns qui enveloppèrent le visage d'Ulrick jusqu'à le réveiller.

Pendant ce temps, Jeff, qui n'avait pas entendu Ulrick partir, le chercha sur le sentier de chasse qu'ils avaient parcouru il y a quelques jours. Ne le trouvant point, il conclut qu'il était reparti sur la route mais il n'arrêta pas de penser qu'il avait tout de même un sacré culot de se faire héberger et de partir ensuite comme un voleur sans un mot de remerciement. A cette idée, il haussa les épaules et retourna à sa routine journalière. Dans la forêt, la brume épaisse commençait à se lever et la rosée du matin avait parsemer les feuilles d'arbres de gouttes d'eau. Ulrick se réveillait avec le soleil et les quelques gouttes d'eau qui lui tombaient dessus. Il se leva, remit son sac sur son dos et repartit à la recherche de la cabane. Après quelques heures de marche, il la trouva. "Enfin ! " pensa-t-il.

C'était une cabane en bois un peu délabrée mais tout à fait habitable. Ulrick pensa "effectivement, il faut vraiment se perdre dans la forêt pour arriver à la trouver". Pendant son voyage, il avait pris soin de marquer son passage avec des petites scalpes sur certains arbres. Cela l'aiderait à retrouver son chemin pendant quelques jours. Il chassa le gibier la journée et récupéra tout ce qu'il pouvait pour compléter le reste du matelas qu'il y avait dans la cabane.

Le soir arriva trop vite au goût d'Ulrick, il se coucha mais ne trouva pas bien vite le sommeil. Quand il ferma les yeux, il revit le visage de ses victimes, il ressentait le besoin de baiser mais pas que. Il voulait s'amuser à sa manière. Il tenta à plusieurs reprises de dormir. Il réussit sur le petit matin mais se réveilla brutalement en trans. Il avait rêvé qu'il baisait Daylia puis d'un coup son rêve avait totalement changé d'ambiance laissant place à la noirceur. Le visage de Daylia s'était transformé en celui de Lia, celle qu'il avait tuée. Dans son rêve, Lia était un zombie agenouillée entrain de lui faire une fellation puis elle s'était mise à mettre les dents et donc à mordre le pénis d'Ulrick si fort qu'elle l'avait arraché. Et c'est à ce moment tragique qu'Ulrick s'était réveillé. Le front dégoulinant de sueurs froides et la respiration haletante, Ulrick avait besoin de se changer les idées.

•

En longeant la forêt pendant plusieurs kilomètres, il trouva un autre village avec son bâtiment préféré : un bar. Lui qui voulait se changer les idées, fut ravi. Voyant de la lumière il entra. Il scruta le bar comme un lion chassant sa proie et repéra deux jeunes femmes. Son objectif ? Repartir avec l'une d'elles. Il bomba le torse, ouvrit un bouton de sa chemise et passa devant elles comme s'il ne les avait pas vues. En s'installant au bar, il remarque du coin de l'œil que l'une d'elle parlait à son amie en le regardant. Cette action le flatta. Il commanda un Jagger bomb et alla à la rencontre de cette jeune femme souriante. Comme dans les films, il tapa son coude dans le sien et cette créature ravissante fut éclaboussée de Jagger bomb. Ulrick sortit un mouchoir et essuya maladroitement sa future proie, lui effleurant sa poitrine. Un peu pompette, son interlocutrice lui fit signe que ça allait. Son amie avait l'air dans le même état car elle n'avait aucunement réagi à cette scène. " Peut-être que mon approche était trop banale" pensa Ulrick. Quoiqu'il en soit, il espérait que cela avait fonctionné en retournant au bar pour se faire servir une nouvelle fois.

Ulrick gardait un œil sur les deux jeunes femmes et surtout celle qu'il avait arrosée "maladroitement". Il sentait leur regard, il se retourna faisant face à la porte d'entrée du bar, posa son verre vide sur le comptoir et s'avança au milieu de deux trois personnes saoul qui dansaient un verre à la main. Les mouvements de son fessier et de ses reins ne laissèrent pas indifférentes les deux inconnues qui rejoignirent également la danse. Ulrick était aux anges, deux femmes rien que pour lui. Il s'imaginait déjà leur arrachant les cheveux, les étranglant, les fouettant à mort avant de les violer sauvagement. Cette idée le fit bander, au grand plaisir d'une des femmes. L'une d'elle avait déjà posé sa main au niveau du sexe d'Ulrick au-dessus du jean. Il leur prit les verres des mains, les posa sur le comptoir et y glissa du GHB. Ulrick les fit rester sur la piste de danse le plus longtemps possible afin de les fatiguer et de les assoiffer. Son plan se déroulait à merveille. Après 4 ou 5 danses, Ulrick leur rapporta leurs verres, ainsi elles crurent qu'il les leur avait payées. Elles burent leurs verres cul sec. Ulrick continua à danser avec elles attendant que le produit fasse effet. Quand il s'aperçut qu'elles commençaient à trébucher ou avoir des pertes d'équilibres, il commença à les amener vers la sortie du bar. N'étant qu'à 2 km de sa cabane, cela était suffisant pour qu'elles puissent encore un peu marcher avant de tomber raide.

Arrivé à sa cabane, une des deux femmes marchait encore un peu tandis que l'autre était à demi-morte dans les bras d'Ulrick. Il la déposa sur son lit tandis que l'autre venait de s'asseoir contre le bois et commençait à somnoler. Ulrick s'assit à côté d'elle pour éviter qu'elle ne se cogne la tête. Elle ferma les yeux. Il lui caressa la joue, l'embrassa et plongea sa main dans son décolleté. Ulrick joua avec son téton entre ses doigts, il prit le sein en main et le porta à sa bouche et commença à le sucer. Simultanément, il glissa une de ses mains en dessous de la jupe de la jeune femme. Il l'allongea sur le sol, sortit son sexe et la pénétra. Voyant qu'elle gémissait, Ulrick en conclut qu'elle était consciente de ce qu'il se passait, il décida donc de l'asphyxier par strangulation. Il enleva la ceinture de son pantalon et la boucla au plus petit trou. Là, il vit sa victime passer par toutes les teintes de peau : bleu, rouge, jaune, verte, grise. Voyant l'effroi dans le yeux de la jeune femme, il serra plus fort et accentua les vas et vient. Cette situation l'excita énormément. Sa victime avait arrêté de suffoquer et était donc décédée tandis qu'Ulrick terminait sa course dans son vagin.

Son moment de plaisir, de domination, de sauvagerie psychopathe finit, Ulrick n'était pas tout à fait rassasié. "Heureusement que j'ai ramené un deuxième jouet" pensa-t-il. Sa deuxième victime, toujours nauséeuse, étourdie par le GHB, n'eut pas assez de force pour se débattre. Ulrick lui infligea les mêmes souffrances. Entouré de ses deux cadavres, Ulrick porta l'autre dans le lit, se plaça au milieu du lit et s'endormit avec les deux corps inertes des jeunes femmes.

Le lendemain matin, Ulrick décida de décorer les deux corps meurtris. Il pensa "quoi de plus beau qu'une rose pour symboliser l'amour, la féminité". Pendant cette recherche, Ulrick réfléchissait à la manière dont il allait dissimuler les corps. La meilleure solution qu'il trouva était de concevoir un autre cabanon assez éloigné derrière son domicile. Pour le moment, Ulrick allait jeter les corps dans le sous-bois, le plus écarté du sentier. Il pensa également que s'il voulait trouver de belles créatures plus facilement, il devait effectuer des recherches sur les réseaux sociaux et donc installer des applications de rencontres. Il leur parlerait sous le pseudonyme : le Bachelor.

Chapitre 5

Le Bachelor accumulait les conquêtes, les victimes via son application de rencontres. A maintenant 47 ans, Ulrick était toujours aussi séduisant, charismatique, attirant et manipulateur. Il agissait sans se soucier que quelques articles de journaux parlaient de lui. Inconnu de la société mais si populaire de par son activité, cette idée le fit sourire et le poussa à continuer ses crimes abominables.

En consultant son téléphone, Ulrick fut subjugué par la beauté d'une adolescente. Il inspecta les photos, elles étaient toutes plus superbes les unes que les autres. Son œil fut attiré par un article publié sur les réseaux, il cliqua dessus et le lit :

"Un potentiel tueur en série rôde dans les rues de Greendale. Ce matin plusieurs corps de jeunes femmes ont été retrouvés dans le sous-bois par un promeneur.

Après autopsie des corps, il s'avère que le tueur suit un procédé bien particulier : il kidnappe ses victimes en les asphyxiant avec du chloroforme, il les étrangle jusqu'à leur mort, il abusent d'elles puis les remet dans la nature avec pour signature une rose rouge dans la bouche. Il en résulte également que les victimes n'ont pas été tuées et jetées dans le sous-bois au même moment.

Il y avait d'autres corps qui n'étaient pas des femmes et qui n'avaient pas subi les mêmes traitements. Une autopsie de ces corps est en cours.

Nous ne savons pas quand exactement le tueur opère alors nous demandons à tout le monde de rester vigilant et si un acte vous paraît suspect de contacter la police"

Lors de sa lecture un rictus traversa les lèvres d'Ulrick, comme pour montrer qu'il était fier que ses actes soient enfin reconnus. Il retourna sur le profil de la jeune demoiselle et lui envoya un message. A sa grande surprise, il eut une réponse très rapidement.

Ulrick et cette jeune créature commencèrent à s'écrire tous les jours jusqu'à tard dans la soirée. Après plusieurs semaines, l'envie de tuer était comme dissipée pour Ulrick. Son attention portée sur cette jeune femme avait presque apaisé son envie meurtrière de réduire en charpie les corps du sexe opposé. Il faut dire qu'elle ressemblait étrangement à sa défunte mère: Luna. Elle avait la peau mat, les cheveux ondulés noirs avec des mèches couleur caramel. Elle avait également des yeux marrons en amande, un nez retroussé, des joues roses et joufflues et des lèvres pulpeuses. Une créature incroyable. N'importe qui serait tombé amoureux d'une telle beauté. Ulrick voyait également à travers ces photos la petite flamme de vie au fond de ses yeux, le bonheur inscrit dans son sourire éclatant.

Pour la première fois depuis Lia, Ulrick était en train de redevenir amoureux. Il demanda donc à son interlocutrice de se rencontrer. Une fois le message envoyé, il lança son téléphone sur le lit comme si quelque chose l'avait piqué. Il redoutait une réponse négative. Lorsque son téléphone sonna, il se précipita dessus, le déverrouilla, ferma ses yeux puis en rouvrit comme un enfant qui voudrait faire durer l'effet de surprise. Il aperçut un bout de réponse qui le mit en rogne. Elle venait de refuser. Il pensa "pour qui se prend-elle pour refuser de me voir ?" Il n'en revenait pas. Il lui renvoya un message en lui exprimant sa compréhension et son envie de rester en contact avec elle.

Plusieurs jours passèrent, Ulrick n'avait aucune nouvelle de sa bien-aimée jusqu'à ce soir où elle se sentait insécure et qu'elle lui demanda s'il était disponible pour discuter. Heureux comme un enfant à qui on donne du chocolat, Ulrick s'empressa de répondre. Il ouvrit le message et rassura la jeune fille sur les articles parus dans la presse il y a quelques jours. Manipulateur dans l'âme, Ulrick réussit à la rassurer.

La jeune femme se confia de plus en plus auprès du Bachelor, pour son plus grand plaisir. Il savait maintenant qu'elle travaillait le soir, qu'elle logeait chez sa grand-mère et qu'elle avait 2 amies. D'une manière ou d'une autre, il devait éliminer les proches de sa bien-aimée s'il ne voulait pas éveiller les soupçons. Par chance, sa future femme lui avait appris que sa grand-mère bénéficiait de soins à domicile et que le soignant qui s'occupait d'elle allait partir en vacances début avril.

Comme Ulrick savait si bien le faire, il arriva à falsifier un diplôme d'aide-soignant trouvé sur internet et se rendit à l'agence de soins à domicile. Étant en recherche constante de soignant, il passa l'entretien haut la main et prit le remplacement début avril. Il lui faudrait attendre encore un mois avant de pouvoir passer à l'action.

Durant le mois qui s'écoula, Ulrick avait encore fait des ravages criminels. Il en était à son 5ième crime. Il avait tué une famille : une mère et ses deux enfants (une fille et un garçon). Pourquoi le garçon ? Par pitié, il n'aurait pas pu grandir sainement sans sa famille donc Ulrick l'avait assassiné pour lui éviter la tristesse d'une vie. Il avait ensuite jeté leurs cadavres dans les bois. Comment les avait-il trouvés ? Ils se promenaient dans la forêt mais s'étaient un peu trop éloignés du sentier. Se sentant menacé, Ulrick avait préféré les tuer. Avec ces crimes, Ulrick se doutait qu'il y aurait encore des journaux sur lui. Dans les derniers articles, les journalistes se questionnaient sur pourquoi avoir changé de schéma criminel. L'esprit de la jeune femme serait encore une fois tourmenté par ces évènements, elle se retournerait donc vers lui pour être rassurée comme elle l'a toujours fait depuis le début.

Cette hypothèse se révéla être une affirmation. Ils discutèrent longuement. Un peu alcoolisé, Ulrick ne fut pas rassurant mais plutôt terrifiant dans ses propos. Au point que la jeune femme tourna dans son lit et les mots du Bachelor tournèrent également dans sa tête.

Après une mûre réflexion, la jeune femme se retira de toutes les applications de rencontres existantes sur son smartphone. Ulrick était furieux d'avoir agi ainsi, puis il repensa à ce job qu'il avait auquel il avait postulé début avril. Il se précipita dans son calendrier et fut ravi de voir que le jour suivant serait le jour où tout allait s'enclencher.

Le matin, il sortit de sa forêt et appela un taxi. Il indiqua l'adresse marquée dans le classeur de sa tournée. Arrivé sur le palier, il ajusta le col de sa blouse, se racla la gorge, bomba le torse et toqua trois fois à la porte. Il entendit une voix lui répondre "j'arrive", il entendit également une descente des escaliers effrénée et une cadence de pas rapides dans l'entrée. Les pas s'arrêtèrent net devant la porte. La clé tourna deux fois dans la sourire et la porte s'ouvrit. Avec son plus beau sourire, il tendit la main et prononça : "Bonjour Calysta".